歌集

華厳集

櫟原聰

砂子屋書房

＊目次

1　華厳

2　杜鵑の朝

後記　219

装本・倉本　修

歌集　華厳集

1
華厳

紡ぐ

漂としてただようてゐるいづこへも行く先のない船のやうだよ

帰泉したる友どち数人教へ子も交じりてをれば山仰ぎたり

草踏みて来し西行庵水とくとく口を漱ぎて言葉を紡ぐ

静かなる雲母となりて座してをり生駒嶺の辺の光響庵に

母います平城蝸牛庵足萎えて歩みもならぬ母はいませり

薄ら氷《ひ》にいくばくの銭沈ませて石仏ひとつ眼閉ぢをり

天平二一年黄金《くがね》花咲く陸奥《みちのく》に家持の歌いかにひびきしや

いつの世も宇宙の先端を生きてゐて恐竜もスマホもありきと言はむ

サンマルコの鐘

朝の陽のきらめく運河のさざ波にサンマルコの鐘ひびき流るる

正午の鐘鳴りわたりくるしばらくをゴンドラ浮かぶ橋にたちをり

屋根となる玻璃よりの窓青ければ未来はさらにゆつくり生きむ

母

老老介護に疲れ果てにし母なれど若葉のごとく蘇りたり

母の膝砕きて人工関節を埋めたり夏の青葉は深く

豊かなる耳持ちてをり片耳の聴こえざる母の耳の代はりか

豊聰《と》耳聖徳太子にあらざれどよく聴く耳を持ちて来たりき

日溜まりを求めて居場所を移動する白髪の母の安らかな顔

転倒菩薩

足萎えの転倒菩薩母にしていまもさかんにもの言ひたまふ

足萎えて蝸牛のごとき歩みなりゆるりそろりと引きずりて母は

さりさりと風走りゆく午後二時の平城蝸牛庵に母の居眠り

小満《せうまん》に薔薇の花咲きわが苑に夏来たりけり母足病むと

青黒は慈悲を表すか右足を高く掲げて蔵王権現

雨に相応《ふさ》ふ紫の花業平も男心もぬれにぞ濡れし

ながながと遠ひびきゐる救急車この夜の雨は梅雨に入らむか

雨降れど絶えぬ人波幾千の顔を楽しみて笑ふ紫陽花

叢《くさむら》の青き匂ひを運び来る梅雨晴れの日の一陣の風

豊饒な夏の乙女ら制服に乳房を秘めて風に吹かれゐる

驟雨去りし舗道の端をよぢれつつ流るる水の音なき光

海峡に夏来たりけり青草の帽深々とねむる少年

水の音

諏訪富士とふ蓼科山は唐松の林の上に大きく迫る

汗拭きてリュックを降ろす岩かげに苔ももの実は赤く光れり

黄昏に一列になり山目指す鳥の道あり空の彼方に

夜明けには雲が山まで下りてきて仙人のごとく湯浴みすわれは

をみなの音

アプロディィテ海の水沫に生れ出でてふふきの刀自となりにけるかな

勝浦の波の上を来る古き舟揺らるるわれも万葉の舟

あらあらと髪を乱して迫りくる海の彼方の強き大髪

指宿《いぶすき》の砂にうもれてゐたりけり波に揺られて来しわれらにて

大佛の大棟そらに公孫樹《いちょう》映え管弦のひびき満ちわたりけり

人の波押し寄せて来て列をなす正倉院展に今年も逢へり

夕日のひびき

野の道はひつそりとして赤あきつ湧き来る道の先光りたり

芳しき髪につつまれ眠るをみな海底の秋、夜の音楽

進みゆく深夜の読書海底に住む魚のごと眼凝らして

張りつめて来しかこころも身体も秋の間に紅葉しけるを

ゆく秋の紅茶の酸味、紅葉の匂ひを聴かむ雑木林に

黄葉ふる林に入りて見上ぐれば澄みし音遠く天に韻《ひび》かふ

琥珀の波

生駒嶺をつつむもろごる雲間より洩れ来る光驟雨のひびき

月光は琥珀の波にゆれながらかぐやの夜を光る源氏よ

山越しの風を聴きゐる樹の耳は聡くしあらむ街にありても

樫の樹の直立つそばを過ぎむとし前登志夫思ひ出づ

陶然と月の光に眠らむかしづかなるをみなの中に

日暮れの日本せめて中秋の満月のピアノのひびき雲の香りを

やがてさびしき冬のなぎさとなりてゐむ　豊葦原の瑞穂の国の

大和にて夕日を拝む鳰《にほ》の海琵琶湖に冬は近づきてゐむ

朝の林道

茜雲を砕く幾千の針となり松葉は風にさわぎはじむる

たはひなき言葉をかはし歩みたる野はあかあかと夕焼けてゐき

通夜の遺影の明るき顔に思ひ出づ叔母とともにぞありし年月

吹きすさぶ日本海の荒波のとほき呼び声きこえ来るなり

冬空は光の声もくぐもりて東尋坊の波あらあらし

オルペウスの声片々と聴こえ来る冬を歩めば風吹くばかり

紅葉降り木の実降る秋ともにゆく娘とともに野の坂道を

あたたかき歳の瀬にして家族《うから》らは寄りて見つむる生駒嶺の灯を

静けき火床

軒ごとのしめ飾り朝の陽に映えて年の始めの道あらたまる

灯の入りて学習塾はあたたかし広き窓辺に動く人影

裸木と同じ色して鹿達が春日大社の参道にゐつ

寒冴ゆる裏参道は人気なく木の葉の音の響く静けさ

照りつける太陽も人も今はなく大文字山の静けき火床

黒々と巨木静かに組み合ひて南大門は厳冬に立つ

歓声と炎と闇の夜が明けぬ堂下に散れる炭がら静か

大佛の鴟尾のまはりに舞ひ集ふ夕轟きは異境に入らむ

霜立ちて

朝ぼらけ窓を開くれば霜立ちて思ひ断ち切れぬ小綬鶏の声

玄室の闇を出づれば夕映えに冬のすすきの漂ふごとし

通学の自転車ひとつ早朝の空気を裂きてくだりゆきたり

予備校の屋根にかかりし冬の月自転車の子が三人帰る

ぶつかり合ひ叫ぶも子らの遊びならむ背中に塾の鞄をゆらし

「人恋ふは」と詠まれし奈良の坂道は新興街の路となりたり

雪降り出す

手擦れして艶もつ古き火鉢には美しき火のふたつ切炭

梁たかく煤汚れせし天窓に雪積む明かり仄《ほの》と残れり

それぞれの表情もてる埴輪の眼いよよ暗くて雪降り出す

陽がさせば大樹の頭より雪散りぬ火花のごとくきらめきて落ち

きさらぎの弓張月のしんしんとわがゆく道をありありと見す

春雷に目覚むれば静寂《しじま》の底にあり白川郷は雪を眠れる

風さむき森より出でて飢えたるか貌ちかぢかと老鹿は来る

強震、余震

雪深き国より深夜現れたりここも強震、なほその余震

早暁の闇しんしんと雪の降る点在せるは冥《よみ》の灯なるか

金箔の厨子閉ざす夜のはるかより雪しづくする音のきこゆる

ボランティアに駈け付けし人の限りなく廃墟の町に思ひ溢れき

累々の死者も廃墟も乗り越えて立ちあがらむと笑みたり人は

大いなる夕陽を背なに帰り来て漁船は浜に憩ひ始めたり

雑木まだ芽吹かぬ林踏みゆけば樹液の流れ聞くごとくあり

ヨーロッパ音楽の旅

ハンガリーリスト記念館にある右手石膏の手は大きかりけり

リスト音楽院に学べる若き学生に未来あり地球の裏にも

ブラームスグルックもありて雪景色に喜べる墓しづかにいます

ゲーテ像どつしりとして座しゐたりウィーンの上にヴェルテル老いて

ストラヴィンスキー火の鳥も奏されて楽友協会ホール輝く

プラハ国立歌劇場にてマダムバタフライ聴けり日本の旅人として

教会のステンドグラスかがよひてパイプオルガンの重たき響き

三十人の聖人像の並びたるカレル橋にてモルダウ聴けり

スメタナホール市民会館の中にあり「我が祖国」流れてゐたり

スメタナ記念会館よりモルダウ川眺めてゐたりしばらくの朝

ザルツブルクよりヴェネチアに出しは十五年前モーツァルトたどりたる旅

「ヴェネチアに歌ふ舟人」と歌ひたり十五年経てバルセロナにあり

ゴチックもバロックもありてイスラムとキリスト教の混じれるスペイン

アルハンブラ宮殿の夕暮れに流れてゐたり花の道の楽

アランフェス宮殿砂漠の中にありギターのひびきに合ふ明るさに

ヨーロッパ絵画の旅――プラド美術館にて

青の時代のピカソに会へりバルセロナピカソ美術館の夕暮れ

サグラダ・ファミリアは聖家族にて堀辰雄前登志夫思ふ早春の旅

グエル公園にガウディの家多かりき爬虫類的曲線の家

ラスメニーニャス、王女の側にベラスケス誇れる姿示しゐたりき

遠近法の完成者としてベラスケスありラスメニーニャスの王女のごとく

印象派の始祖としてベラスケスあり風景を外《と》に出でて描き

エルグレコの光は天より降り来たり女は祈る天に向かひて

炎ゆる眼の天に向かひて祈る女よ光降らしむるエルグレコ

サモトラケのニケをルーブルに見たりしは十五年前、今ゴヤに会ふ

ゴヤの巨人風巻き上げて去りにけり二十一世紀経済砂塵の嵐

子殺しのサチュロスの眼のおそろしき父なるもののもつひに滅びき

エデュプスの対なるまなこ闘ひは父と子の常と明らむべきか

怪力乱神

見上ぐれば光零せる緑濃き樫のかたへに休らへるなり

ぬえどりの雨の女よ鶺鴒の水の上走る声は聞こえず

焼くる夕日わけのわからぬ固まりとなりて疾駆す少年の眼は

怪力乱神語りつづくる翁となり森の夜更けに現れ出でむ

福寿草咲く

影踏みの童の声は咲き初めし菜の花畑の黄にまぎれゆく

空覆ふ雪雲去りし青空に白き春雲しばし浮かべり

明日こぼつ雨戸より洩る春の光《かげ》斜めに射せば身を清めたり

さきがけて季を告げくる蕗の薹、たらの芽はつかにほろにがき味

露地奥に早春の光集めたるひとところあり福寿草咲く

空に住めぬ小鳥の帰りゆくところ廃寺の森は夕明かりする

雨あがり雲のすきまに見ゆる青空生きるとは沁みて思ふこと

葡萄畑一山白く覆はれて光耀ふ冬去りにけり

乳房のごとく

凛として春の百花に先がけむかすかに香る小枝の先に

水底に光の模様ちりばめて室内プールに春の陽は揺る

窓にさす朝の光はふくふくと乳房のごとく匂ふならむか

せんべいを持ちて泣く子の目の高さ柔和な顔に鹿が覗けり

仁王門阿形の鼻孔に夕闇は来らむとして日照雨《そばへ》過ぎたり

腕時計はづして出づる春の街時のしじまに忘れ物する

吉野山喜びの春の花びらにいにしへよりのさびしさも舞ふ

年老いし母の背中を摩りつつ今日も出でゆく買ひ物せむと

2

杜鵑の朝

大佛殿

白木綿《ゆふ》花あふるるごとく咲きゐたる大王崎に妣《はは》の国見む

大王崎に妣の国見し折口と前登志夫ともに語らひゐるか

百年の家屋こぼちて作りたるフランス料理店も齢重ぬる

祖父の霊はるけくなりてわが生れし昭和も霞む彼方の鳥ぞ

娘《こ》の弾けるピアノフォルテはひびきたりいづみホールの五月空間

大佛殿夜の光に浮かびあがり鏡池の上揺れてゐるなり

大佛殿しづけくて踏む石畳夜の光にほのかに浮かぶ

重重無尽事事無碍《むげ》法界なべて繫がるわれらと言へり華厳経はも

一切即一重重無尽に繫がりて広がりてゆくわれらの波紋

不空羂索《けんさく》観音光明あまねくて闇にしづめるわれを照らせり

鹿とともに歩み来たれば南大門仁王の阿吽《あうん》声なき声ぞ

驟雨過ぎゆく

青香具山を見て佇めり藤原の都に向けて吹く風の中

雷雨一過夏の陽戻り一斉に杜《もり》の熊蟬鳴き始めたり

甘橙の空に登りし月を射るレーザー光線の青き一筋

人々の生活《たつき》をつつみ流れゆく車灯きらめく夜のハイウェー
陶然と月の光に眠らむか抱き上げてゐる幼子とともに

いちじくのジャム食みをれば口中に粒々と鳴る母もありなむ

夕映えのただよふ空の藍淡く入江にうかぶ雲の島見ゆ

探照灯

草いきれ大夕立にしづもりてきらめき光る葉末の露は

送り火を見むとゐる時ひたひたと増えくる影は誰が祖霊なる

台風の余波しづもれる夕顔の明日ひらくべく蕾ふくらみぬ

薄荷飴秋空の色に染まりゐて胎内にひとをみごもる女

水底のごとき静けさ濃密な秋陽の中の木々の光沢

遠き泉の調べ聴きつつ合歓の木の下に眠らむ揺椅子置きて

張りつめし闇を裂かむとサーチライトの青き光は空に交叉す

探照灯の光の門に浮き出でて動くともなし夜の白雲

信州は秋

高速路ぐんぐんとばし国境《くなさか》をいくつ越えしか信州は秋

古代和歌に奈良の地名を探すときそこはかとなく匂ふ木犀

めぐりみな秋の気配の濃くなりて生駒にあきつ限りなく湧く

銀杏散る中にさわめきわれはをりはるけきものは空より来る

寒泉に沁む山の井の白光にあふれむとする死者の光か

秋山は巨鳥となりてわれをはらむ紅葉の谷に彷徨《さまよ》ひてをり

谷神はしたたりやまぬ根源の水なれや血も羊水も精液も

大阿蘇の風

夕されば山のけものの通ふ道落葉が風に乾く音たつ

さうさうと風に吹かるる大阿蘇の風に吹かるる大阿蘇の風に

忘るるを忘るるるといふは忽《こつ》としてゐるにあらずや山も忽然

弘仁九年高野山にぞ登嶺せし空海の辺に花奉る

寛政一〇年古事記伝を書き終へて宣長ほつと溜息つきぬ

枯れ草のもみぢする辺に抱き取られ蟷螂の斧も土に帰るか

にぎやかな人間の留守におしろい花ほのかににほひ夕闇せまる

雪雲の影

虫すだく野分ののちの緑金の風のゆくへをしばし見てをり

葡萄棚の百のまなこの眠りゐむ七日の月の空ゆく頃を

穂芒の上流れゆく風の音に乗りて夕日の中に戻りつ

満天の星降りてくる里にをり出湯に沈み日輪を待ち

釧路路の湿原の辺へ降下する翼に淡き雪雲の影

夕映えにただ黒々と立ちてをりはや剪定を終へし街路樹

季節外れの台風ひとつ生れたりと波頭は白く岩を打つなり

新年《にひどし》の言葉を交はし寄りゆくにたき火はまたも火花を散らす

操船の女水兵くつきりとランジェリーの線を見する白服

真珠湾

アリゾナ号記念館上のわれらかな蒼白き翳ひきゐるならむ

ワイキキに肌焼く人ら混み合へりわれの旅装は冬を脱がずに

南島といふといへども冬の季紺碧の宙突く白銀の嶺

火の山の下り斜面《なだり》に真向かひて蒼き弧が立つ水平線らし

強風に帽子を押さへ目をこらすハレアカラ火山のクレーターはや

奥入瀬の秋

奥入瀬の滝の飛沫を受けとめて苔むす岩とともに坐したり

瀬の音に滝落つる音ひびき合ひ黄葉ふるふ奥入瀬の秋

惜し気なく花こぼしつつ金木犀秋の星座を静かに待ちぬ

高だかとけまりあがれる糺の森に公家の衣装の色はなやぎつ

しづかなる小雨に散りしく金木犀花の香惜しむ夕あかり道

ほととぎすの朝

春過ぎて夏の扉を叩きけるほととぎす樹々の彼方に

風越《かざごえ》の峠越え来し声ならむほととぎす鳴く山の際《ま》の空

空の底抜けたる音に降り続く五月雨にして乱るる心

音の海に立つ樹はありて五月雨は乱れて髪の逆立つ真昼

ほととぎす鳴きつづけたり緑濃き朝の学舎に人の居ぬ間に

ほととぎす鳴き過ぎにけり樹々の間に朝の彼方にわが脳髄に

ほととぎすの声聴く朝目《あした》つむれりわが脳髄や街の彼方へ

竹の響きを連ねたる朝閑居してほととぎす聴く聴きて目ひらく

閑居してほととぎす聴く今年またひらく朝顔のごとき耳して

君なき朝の床にし聴けりほととぎす死出の町並みほとほと過ぎて

方丈の庵に聴けりほととぎす新たなる朝の街は目覚めむ

苦しみて生くるにあらね楽しみて生くるならねばほととぎす聴く

水の上に声落としたるほととぎすその激しさに耳となる身は

夏の扉

単純の生活にして太公望のごとく庵《いほり》に釣り糸を垂る

悠然と南山を見る蒼然と涙は下る人を思へば

今年発《ひら》く去年の花のにほひたりあぢさゐの上に面影隠れ

花は新たに人は見えなくなりてをり年々歳々相似ぬ人か

語り笑ひ声の波街を流れたり何聴くとなくたたずむわれか

夜更けて月のかげ斜めなりまよびきはその面影の凛々しき少女

寒蟬に聴く前登志夫前登志夫父ゐぬわれの閑居に沁みて

石の上ふるの女を思ひ出でてわが啼く声は届きゐたるや

百人一首あらたに編まむ企てに一日はありて余念なかりき

音と光

音と光夕べの空にめぐり来てボードレールの歌声きこゆ

ガレ、ガウディ日本の空にひびききてどこまでゆかむ友としあれば

大佛の背に厚みある歴史あり炎の中を生き続けたる

鳥の羽に霜置く朝身《あした》に沁みて湯布院の湯にわれを浸たすも

雨に潤ふ

落葉樹は葉を落とす前あかあかと夕日に映えて眼にせまる

青空の大和三山めぐりたり白壁の民家古道に添ひて

雲上より漏れくる光散乱し人影絶えしバス停染むる

ひたむきに歌ひてあれば滾々と清冽な泉湧き出でてくる

背に負へる小さきリュック青年は厳しき時代《とき》を生きてゆくらし

傘の雫が濡らす入り口母の介護説明会に我も入りゆく

逆流性食道炎の胃酸かなわが身は焼かずず声をつぶせり

大寒過ぎ寂寥とせるわが庭に山茶花ひとり赤い花散らす

上の句を聞けば即座に手のひらのひるがへりたり少年少女

朝《あした》繰る雨戸にひたと吸ひつきて戸惑ひ顔の守宮《やもり》を目守る

冬空の大根島に横たはる船の遺骸を洗ふ波音

春来るあしたの原にたたずめば子供らの声ひびくここちす

雪深き吉野の里に来る春は花を求むるこころならむか

風光る空に道ありと思ふまで大和の春はかぎろへる春

しなやかに雨に打たれつゆふぐれの樹木やさしく息づきながら

山川も森も田畑も家並みも暮らしを持ちて雨に潤ふ

3 夜想曲

伎芸天

磨崖仏の歌碑ある寺の鐘楼に干柿あまた吊りさげてあり

詩の中にゐて街角の灯明かりに音なく雪の降るを見てをり

積雪を朝の光の包むとき紅き雫とならむ山茶花

やはらかき香りを放ち歳晩の家にほつこり熟れゆくカリン

闇を縫ひ幽かに響く除夜の鐘身にしんしんと受けとめてをり

永遠の奈良の都に花の雪千年のちもしなやかに舞ふ

あだし野はしぐれぞ過ぎて昏れなづむ千の石仏ささやき始め

岩清水雫になりて野仏の頬濡らしをり水苔蒼み

初しぐれ過ぐるを聞きて落葉踏む八一もゆきし滝坂の道

伎芸天に心残してみ堂出づ言の葉のごと空に舞ふ雪

幾度か火炎の中をくぐりきて仏像の木膚銅光りする

山へ

蜘蛛の子は何処に散りしか青空に大口あけて石榴笑へり

瞼あはす桜紅葉の散る径に春爛漫の花ゆらぐべし

逆光のすすきの原に入りゆけり少年は黄金《きん》の輪郭を持ち

来て座る人のあらねば冷えしきる展望台の木製の椅子

樹樹の葉の色合ひ鮮やかに移りゆき秋はゆつくり流れてゆけり

落ち葉する樹林の中に佇めば遠くの方に歓声聞こゆ

信濃路の自然歩道は人気《ひとけ》なく清流の音ついいて巡れり

からまつの高きに黄葉残しをり我が新しき靴落ち葉踏み

縫ふやうに山毛欅《ぶな》の林をくぐりゆく鶺鴒のあとわれも色づく

人の世の嘆きをよそに山巓のかぎりもあらず藍にきはだつ

傾いて宙を指しゐる道標の彼方ゆつくり雲は流るる

ひと夏を閉ざし静もる山小屋のドアをたたける晩秋の風

山小屋に西陽さし入り窓ぎはの夏の想ひ出温めてゐる

歩む誰が腰に下がれる鈴の音か地下の街にも秋の深まる

片雲の風に誘はれ発つあしたはるか奥羽のやまなみを指す

空翔り車を駆くる出羽の旅芭蕉行脚のおくのほそ道

夕されば山のけものの通ふ道落葉が風に乾く音たつ

邂逅

五十年の空白ありての邂逅よ同級生の勁《つよ》き地下茎

宴席は音の坩堝にマイク持つ人たちまちに青春の顔

東の野にかぎろひの見えたりと聞けば安騎野に冬は来てをり

初釜の晴れ着はなやぐ席にゐて遠鳴る鐘のひびき聞きをり

登り来し

青幡の忍坂の寺の石仏幽《かす》かに遺す白鳳の朱《あけ》

山の辺の風吹く中に休らへば椎の実落つる音しきりなり

登り来し二上山に佇めば河内の風の暖かき秋

二上山の皇子《みこ》の御陵の背後より畝傍山見ゆ木の間透かして

山の秀《ほ》を越えてたゆたふたまゆらもひとつ形をとどめざる雲

薄暗き杉林道を下り来て水面を泳ぐ鴨に出会ひぬ

古寺の御堂の裏に風立ちてほろほろこぼる白萩の花

からす瓜持ちてしゆけば絵の友は愛でて描けり秋の朱の色

霜月の死者を逝かしめおだやかな海にひとすぢしろがねの道

飲　酒

行く年と来る年擦れ合ふその瞬時ぎしぎし軋む音を聞きたり

「不知有《う》吾身」わが身のあるを知らざれば酒飲むはよし飲みて忘れむ

万物とひとつとなると飲む酒は苦き思ひに沈む時ならむ

惜しむべし少年の春老年に飲む酒苦し疾風《はやち》ののちの

花に酔ふ花のごときを抱きながら春三月の酒沁みわたる

日暮れのひかり

ひそやかに秋は来てをり春日野に飛び交ふ黄蝶や蜻蛉の羽に

紅葉の一つだになき島の秋みどり豊けき大気は澄めり

逝く人と別るる人のあはひにて斎場の塀長くつづけり

店先に盛られし蜜柑の一山にあつまりてゐる日暮れのひかり

旅の荷より出でし栃の実紅葉散る夕べは寒き奥入瀬思ふ

力士の炎

塩撒けり土俵の海に塩撒きて力士の炎高まる夕べ

四股踏みて土俵はゆらぐ力士はも地霊鎮めて立ち合はむとす

地にあれば人と出会ひぬ雷鳥の驚きなさぬ歩み親しも

水こそは永久にあらめと飲み出づる夜の音楽聴きつつゐたり

光響庵・蝸牛庵

生駒嶺の光響庵に来る春は気圏の炎、花の芽の青

生駒嶺の光響庵に座してをり春待つ心、　花待つ朝

野の道や花のありかを尋ぬればさらさらと来る森よりの風

たらちねの母の年の緒永かれと力尽くせるわれにありしか

山焼くやわがふるさとの山焼くや鹿とともに見るたらちねの炎《ひ》を

むらぎもの心乱れてありしかば花のありかを尋ねても見む

華厳世界

金剛の露ひとつぶと歌はれし石の上の露かがやきて消ゆ

芋の葉の露ひとつぶは流れゆきやがては梅雨の万の雨粒

雑《ざつ》華《け》厳《ごん》浄《じやう》華厳世界は泥沼のこの世の人を載せてただよふ

無量妙色高々と咲く朴の花泥には清き蓮の花ひらく

微細世界即大世界一粒の砂流に宇宙見るとふ華厳

一即多ひとつは無限、宇宙にも君遍満し星と輝け

多即一無限もひとつ、星たちも我が口に入れ涼しむごとし

頌

1

ひさかたの天降《あも》りの山は香具山か畝火耳成とともに鎮まる

失ひし教へ子思ふ幾人か幾十人か思へば苦し

煩悩熾盛《しじやう》の時は過ぎたりしかすがに煩悩の火の燻りを聞く

上善は水のごとしと教へたる横山先生に花奉る

2

秋篠の堂にいませる伎芸天毎年の願を聞き入れたまふ

任運騰々の境に近づくわれなるかひばりを久しく聴かずにあれど

信貴山の朝護孫子寺に地獄とふ暗闇巡る真昼の地獄

重重無尽事事無碍《むげ》法界さもあれと華厳世界に花奉る

大倭平群《へぐり》の郡往馬《いこま》山茨木和生氏歩きて詠めり

うち靡く春去り来れば母の介護粛々として進めむわれか

3

たたみこも平群の山の熊樫をわれも取りたりタケルのごとく

八重畳平群の山に立つ櫟《いちひ》わが親に逢ふ何年ぶりか

齷齪とただあくせくと流したる汗の結晶空しくはあらず

人生は悲哀に満ちた仕事ゆゑ幾多郎の歌われも歌へり

いづこより来りしものか娘の子抱き上げてをり青空の下

春光

のどやかになだらかに来る春の日や障子の光霞を帯びて

大いなる春日の翼濡れてあり梅の香りのあふるる空に

永き日を囀り止まぬひばりなりぴいろと言ひて子も走り出す

春暁の机の上の光なり書物の声に耳傾けむ

春昼や妻のおしやべり続きをり娘《こ》の音楽も子等のダンスも

蟻出でよ蜘蛛も飛び出せ春の日のおしやべり止まぬ原に佇む

さわらび

木の芽ふくふく膨らむ胸の少女子《をとめご》の羞じらひゆけり道の出会ひに

未開紅の光を放つ梅の芽の匂ひやかなる卒業の式

つくしんぼ叔母と摘みたる日も遠く従姉妹《いとこ》の子供の結婚近し

さわらびの萌え出づる春、　山焼けば炎は赤子のごとく喜ぶ

後記

『古事記』『碧玉記』に続く第七歌集である。二〇一二年から二〇一五年にかけての作品を集めている。

東大寺に関係する学園に六年間を学び、大学を出てからはそこに職を得て、いつしか四〇年を閲することとなった。その間、半ばは東大寺の境内に過ごし、心は常に華厳の教えとともにあった、と言ってよいだろう。「一切即一」「重々無尽」とは、万物すべてのつながりを意味する。その思いをもって、『華厳集』と名付けた。二つの大震災において、人のつながりは明らかに見られたし、また、父の死後、母を介護する日々の中、人々の助けを実感する毎日が続いている。重々無尽に繋がる、生きとし生けるものの関連に、改めて気づかされる日々である。

本歌集は、『樹歌』『火謡』に続いて、砂子屋書房田村雅之氏からの誘いを忝くしている。お礼申し上げたい。倉本修氏の装幀も楽しみである。

華厳とは「雑華厳浄」から来ているという。泥沼から咲く蓮の花のように、雑事にまみれる日常生活から生まれたわが歌も、いまを刻みつづけてほしいと希うばかりである。

二〇一六年三月一一日

櫟原　聰

ヤママユ叢書第一三一篇

華厳集　櫟原聰歌集

二〇一六年五月八日初版発行

著　者　櫟原《いちはら》　聰《さとし》

奈良市西千代ヶ丘二―一―二二（〒六三一―〇〇四六）

発行者　田村雅之

発行所　砂子屋書房

東京都千代田区内神田三―四―七（〒一〇一―〇〇四七）

電話　〇三―三二五六―四七〇八　振替　〇〇一三〇―二―九七六三一

URL http://www.sunagoya.com

組　版　はあどわあく

印　刷　長野印刷商工株式会社

製　本　渋谷文泉閣